AVERTISSEMENT!

Frisson l'écureuil vous interdit
de porter des fermetures éclair
en lisant ce livre.

Pour Thomas, Louis, Geneviève et Phil, de joyeux campeurs.

Un grand merci à Josée, Francine et Hubert.

Catalogage avant publication de Bibliothèque et Archives Canada

Watt, Mélanie, 1975-
Scaredy Squirrel goes camping. Français :
Frisson l'écureuil en camping / auteure et illustratrice, Mélanie Watt.

Traduction de: Scaredy Squirrel goes camping.
ISBN 978-1-4431-2667-0

I. Titre. II. Titre: Scaredy Squirrel goes camping. Français.
PS8645.A8845282914 2013   jC813'.6   C2012-908004-7

Édition publiée par les Éditions Scholastic, 604, rue King Ouest, Toronto (Ontario)
M5V 1E1 CANADA, avec la permission de Kids Can Press Ltd.

5 4 3 2 1   Imprimé à Hong Kong CP130   13 14 15 16 17

Les illustrations de ce livre ont été créées électroniquement à l'aide de Photoshop.
Pour le texte, on a utilisé la police de caractères Potato Cut.

Conception graphique de Mélanie Watt.

Frisson l'écureuil

en Camping

Mélanie Watt

Frisson l'écureuil ne fait jamais de camping.
Il préfère rester à l'intérieur, en tout confort,
plutôt que de risquer d'être en pleine nature sauvage.
De plus, il faut se donner bien du mal pour monter un camp.

Quelques malfaiteurs qui pourraient s'approcher trop près de Frisson :

les mouffettes

les moustiques

les sables mouvants

les trois ours

les manchots

les fermetures éclair

Alors, Frisson a trouvé une façon sécuritaire pour profiter du camping en restant assis confortablement.

Frisson l'écureuil installe
sa nouvelle télé.
Mais il y a un petit problème.
Il doit la brancher.

Atteindre une prise de courant
exigera une grande maîtrise des
techniques de survie.

Quelques articles de survie que Frisson doit apporter :

une rallonge électrique extra longue

des « popsicles »

du jus de tomate

un sac de ciment

un dictionnaire

des pinces

du gruau instantané

un éventail

05:30
Quitter la zone de confort.

05:31
Courir dans les bois.
Se faire discret.

05:41
Entrer sur le terrain
de camping.

05:45
Repérer la prise électrique.

05:48
Brancher la rallonge électrique.

05:49
Retourner vers l'arbre en courant.

05:59
S'installer confortablement.
Regarder « Les joies du camping ».

SYMBOLES

Aire des tentes

Aire de jeux

Aire des roulottes

Toilettes

Dépôt d'ordures

Prise électrique

La zone de confort

Placer un walkie-talkie au pied de l'arbre pour rester en communication.

Les moustiques attendent avec impatience! Envoyer promener ces bestioles assoiffées d'un coup d'éventail.

Il faut avoir du pif pour repérer les mouffettes. En cas d'arrosage, réagir! Pour se débarrasser de l'odeur puante, se baigner dans plusieurs gallons de jus de tomate.

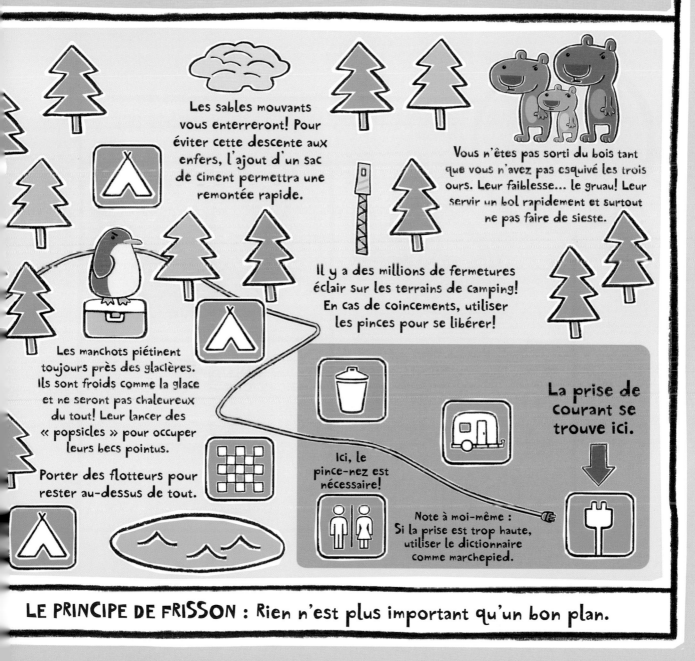

MISSION : TERRAIN DE CAMPING

Les sables mouvants vous enterreront! Pour éviter cette descente aux enfers, l'ajout d'un sac de ciment permettra une remontée rapide.

Vous n'êtes pas sorti du bois tant que vous n'avez pas esquivé les trois ours. Leur faiblesse... le gruau! Leur servir un bol rapidement et surtout ne pas faire de sieste.

Il y a des millions de fermetures éclair sur les terrains de camping! En cas de coincements, utiliser les pinces pour se libérer!

Les manchots piétinent toujours près des glacières. Ils sont froids comme la glace et ne seront pas chaleureux du tout! Leur lancer des « popsicles » pour occuper leurs becs pointus.

Porter des flotteurs pour rester au-dessus de tout.

Ici, le pince-nez est nécessaire!

La prise de courant se trouve ici.

Note à moi-même : Si la prise est trop haute, utiliser le dictionnaire comme marchepied.

LE PRINCIPE DE FRISSON : Rien n'est plus important qu'un bon plan.

TABLEAU DU CAMP DE

EXERCICES D'ÉCHAUFFEMENT :
(Répéter 143 fois)

1.

2.

3.

4.

LA PROMESSE DE FRISSON : Un écureuil entraîné est un écureuil en sécurité

SURVIE ET D'ENTRAÎNEMENT

EXERCICES DE COURSE D'OBSTACLES :

LA LOI DE FRISSON (loi du plus fort) : Cours, mais ne cours pas après le malheur!

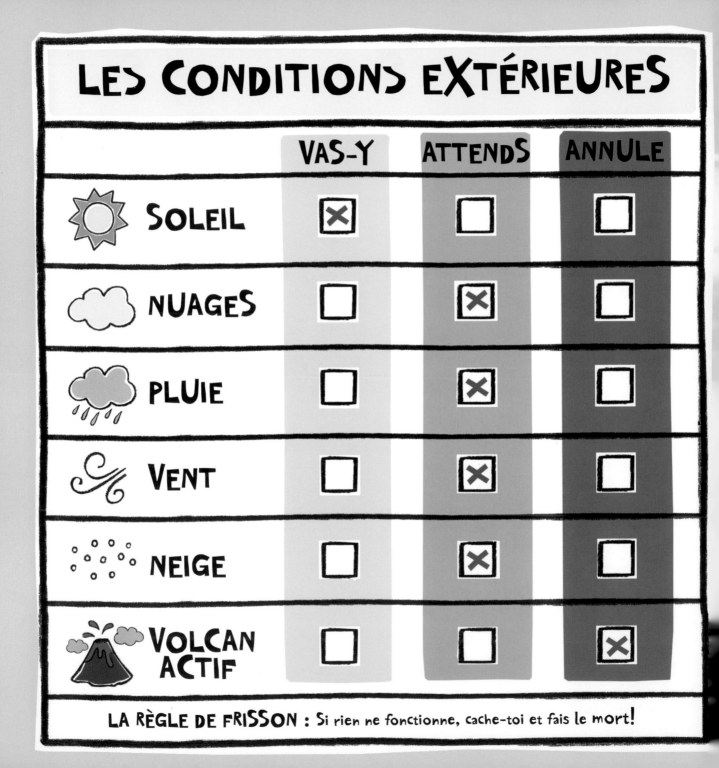

L'après-midi suivant, à l'heure prévue,
Frisson l'écureuil se dirige vers
le terrain de camping.

Il tire.

Il traîne.

Mini Putt

Frisson l'écureuil panique!

Il tourne sur lui-même.

Il court.

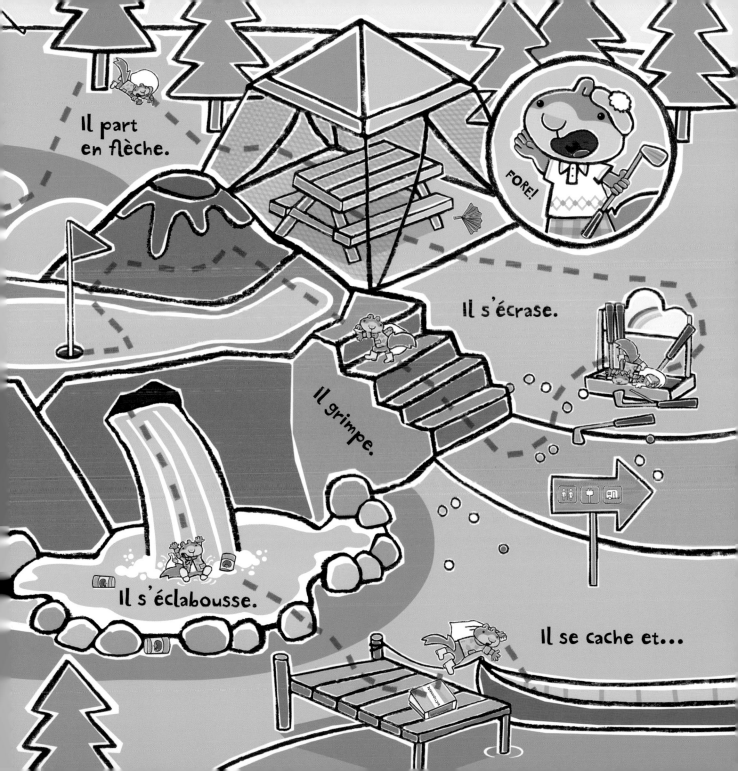

Finalement, Frisson l'écureuil saisit
le calme du plein air.
Il oublie les mouffettes, les moustiques,
les sables mouvants, les trois ours,
les manchots et les fermetures éclair.

La nature sauvage ne peut pas être
appréciée à distance, il faut sortir pour
en faire une véritable expérience!

Frisson respire l'air frais...

savoure des guimauves grillées...

admire les étoiles...

ramasse des cocottes...

écoute des chansons...

Il est réconforté.

Le lendemain matin, Frisson l'écureuil branche sa rallonge électrique et retourne chez lui.

Cette grande
aventure a inspiré
Frisson. Il va
aborder le camping
différemment.

grille-pain

P.-S. Certaines choses valent la peine qu'on se donne du mal.